星屑の方舟

川柳句集

山本由宇呆

新葉館出版

序

意義ある句集の意義

―山本由宇呆句集に寄せて―

山本由宇呆さんがついに句集を出される。まずは心からお喜び申し上げたい。しかも大きな大きな声で、「おめでとう！」と言わせていただこう。

山本由宇呆句集の上梓は、長く待たれていた。やはり句集を出された方がよいのでは？と何度か思ったことがあった。しかしながら、由宇呆さんに直に申し上げることを何となく控えていた。由宇呆さんのご性格を考えての、小生なりの遠慮であった。

それでもある時、言葉を選びながらもお勧めしたことを記憶している。その記憶は正しかったようで、本句集の「あとがき」にも触れられている。

その「あとがき」に曰く、「（句集発刊の）機は熟した」と。まさしく、ご本人のおっしゃる通りである。小生も「機は熟した」と確信する。

由宇呆句集の発刊は、東葛川柳会にとって意義深いことである。何しろ山本由宇呆さんは、東葛川柳会の大幹部。機関誌『ぬかる道』の編集長である。会の大黒柱としてご活躍をいただいている由宇呆さんに、句集がないことの方がおかしい。

由宇呆句集の発刊は、東葛傘下の勉強会にとっても有意義である。山本由宇呆さんと言えば、各地勉強会の講師としてフル回転の日々である。それも、一つや二つの勉強会ではない。勉強会では、求められるままに添削をし、選や選評・合評等をこなし、川柳の歴史などの講義をも展開する。誠実そのもののお話しぶりには、「由宇呆節」という形容詞さえ付くようになった。

いやいや、句集発刊は誰よりも山本由宇呆さんご自身にとって意義のあることに違いない。三点目の意義については、案外ご本人は気づいておられないかも知れぬ。この点については、拙文の締め括りでいま一度触れさせていただこうと思う。

さて、由宇呆句集を読んで気づいたこと。

三点ある。

① まずは、やはり「理系的感覚」が随所に散見されることである。聞けば、大学は工学部電気工学科を卒業されたと伺っている。理系にはトンと疎い小生にとって、由宇呆さ

んの「理系的世界」には興味深いものがあった。

円周率３でもちゃんと生きている
ロボットは人めき人は部品めき
ニュートンのリンゴへ落ちてきた地球
我思う故に君だけ見えている
恐ろしい技術だ人に歯を植える
ハイブリッドに騒音源を義務付ける

② 次に気づいたのが、ユーモア句の存在。これは意外でもあった。もっとも、ユーモア句とは言うものの、ゲラゲラ笑うタイプのそれではない。これまた列挙してご紹介しよう。

人が善いのでだんだんに飽きられる
どう見てもふた癖はある面構え
柔らかい毒舌が降る介護室
沢庵噛む音は和食の効果音
撃つ前に押印が要る自衛隊

義務感がヒステリックに歩いてる
肩抱いて星の説明だけですか

③最後は、由宇呆エッセイの魅力である。これもいつか、由宇呆さんご本人に申し上げたことだった。句集を出される折りには、ぜひエッセイを入れて欲しい、と。句集に文章が入ったことによって、山本由宇呆さんのワールドが、より身近により深く皆さんにご理解いただけるようになったのではないか。そう思う。

由宇呆さんの文章は、落ちついている。小生のような粗忽者にはない安定感がある。今回は、『ぬかる道』誌連載の「UFOのハウリング」を中心に採録されたようだ。エッセイの守備範囲が広いことにも改めて気づかされた。星座や原発といった「理系的話題」はもちろんのこと、歴史や文学にも関心が払われている。これもまた収穫の一つだった。

かくして、山本由宇呆句集が世に出ることになった。

山本由宇呆さんという方は、これまで他人様の句集を何度も手がけて来られた。実務に強く、世のため人のために労を厭わない、ある意味では不器用とも言える生き方をされてきたようだ。

ふたたび「あとがき」を引用する。

「……社会的にも、家庭的にも、ご機嫌取りが下手でウソがつけず、稼ぎの悪い（注：果たしてこのまま受け取ってよいものかどうか）」とおっしゃる山本由宇呆さん。

拙文冒頭で、山本由宇呆さんが句集を出されたことは、会にとっても勉強会にとっても意義のあることだ、と申し上げた。さらに、本当の意義は山本由宇呆さんご自身に存在するとも申し上げた。

どういうことか。句集の発刊は、一般的に言えば人生の区切りを付けるということ。過去から現在、そして近未来を見通す一種の句読点的記念碑が句集の刊行であろう。

山本由宇呆さんのような方の場合には、右にもう一つの意味が加わる。これは小生の経験でもあるのだが、句集という自身の財産を公にすることによって、自分の立ち位置を改めて気づかされるのである。本人の予想とは違う、一種の反作用のような反応を他人様から頂戴することがある。こうしたリアクションによって、「自分」と「自分の立ち位置」が改めて見えてくる。そうした機会に恵まれるのである。

句集を出すという行為は、「自分」を晒すことである。趣味の会と言えども、会のリーダーのお一人として、あるいは勉強会の講師として、好むと好まざるとにかかわらず、他人様から「見られる立場」に立たされている。それが句集発刊を期に、いっそうの注目を浴びることになる。面映ゆいことであり、うざったいことでもあるのだが、一種の宿命と諦めていただくしかあるまい。

我を通すトンネル今も掘り続け

今回新たに発見した由宇呆川柳である。

「らしい一句」だとも感じている。

だとしたら、大いにこれからもトンネルを「掘り続け」て欲しい。

このたびの句集の発刊が一つの契機となって、「由宇呆ワールド」にさらなる磨きがかかることを心から期待して、お祝いのペンを置かせていただく。

本当におめでとうございます。

平成二十三年一月吉日

東葛川柳会代表
江畑　哲男

口上

虚空は押し並べて
星屑の揺籃であり　墓場である

星屑から生まれた人間が
偶々　星屑から生まれた　地球という方舟に
乗り合わせているにすぎない

それでも　方舟は漂い
人は愛し　戦う

皆様も座乗せるこの方舟に
六つの世界在り。

いざ、これらの世界へ
ご案内仕らむ

Table of Contents

The ark of stardust

HOWLING OF UFO（UFOのハウリング）

Ex conatibus geographicis Abrahami Ortelii
MANICVS
OCEANVS
IMBRICAE Cherfonefi pars
DANI.
SAXONES.
Germania Superior, vel Prima.
GAL
RHAETIA.
DVBIAE POSITIONIS QVAEDAM.

星屑の方舟　もくじ

●雅号「由宇呆」の由来

定年後、ひょんな事から始めた川柳が3年経った頃、呼名は必ずフルネームでという運命に逆らう気になった。電話帳には、必ず同姓同名が目に付く程一般的な名前からの脱却へ、少年時代からのSF（空想科学小説）マニアの頭にはＵＦＯしか思い浮かばなかった。米ソ両国が研究に鎬を削り、近いうちに全貌が解明されそうな期待を持たせる、未確認飛行物体なる未知への憧れを意識したのは高校1年（1954年）。一言付け加えるならば、ピンクレディより遙かに先輩である。

さて、どんな字を当てるか。画数の少ない、誰にでも読める、左右対称の字。宇宙の字面から強引に由宇。呆は、どうせ呆けるなら、先ず名前で呆けておけば、本人は呆けずに済むかも知れない。呆ける前にあの世へ行けたら、それはそれで目出度いこと。こんな風に自分を丸め込んで、我が柳号が出来上がったのは2002年である。

それに物ぐさを絵に描いたように、直ぐ小さく纏まりたがる自分自身への轡にもなればしめたものだ。

川柳句集

星屑の方舟

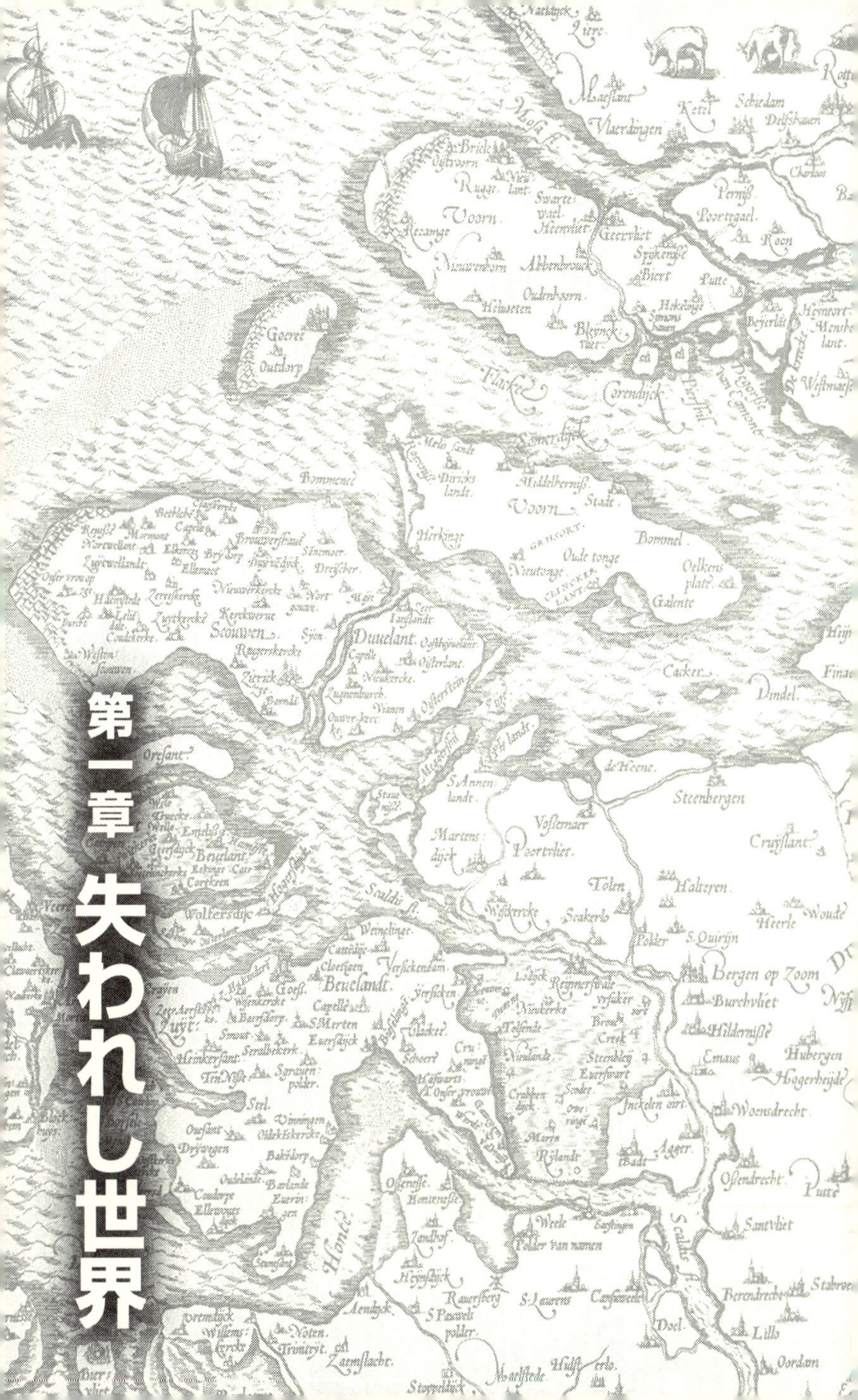
Vlaerdingen
Schiedam
Delfshauen
Maeslant
Briele
Voorn
Goeree
Flacke
Voorn
Bommel
Oude tonge
Scouwen
Zirick
Duuelant
Beulant
Wolfersdijc
Tolen
Steenbergen
Bergen op Zoom
Beuelant
Woensdrecht
Ossendrecht
Santvliet
Lillo
Oordam
Hondt
Zandtvliet
Putte
Cruyslant
Halteren
Rijlandt
Zuyt

第一章　失われし世界

戴いたデモクラシーが噛み切れぬ

占領へ柔らかな武器ガムとチョコ

玉音放送へひまわりだけが頭が高い

少年の夢にラッキーストライク

神の落書きヒロシマに人の影

高射砲ヒコーキ雲に届かない

出征の父へしつこい肩車

貸し借りの窓口だった勝手口
ご馳走といえばカレーが目に浮かび
脱ぎ捨てた靴がトイレで返事する

食いものが何時も必ず有る不思議
ゲンコツが流す涙と拭くナミダ
故郷の駅は平屋のままに在る

故郷の盆は噂のつむじ風
故郷は心の角を丸く研ぎ
故郷の山に性根を糺される

亡母の身に合わせて太い茄子の馬

線香を手向けるだけの旅をする

細切れの義理を小出しに盆帰省

呼び水へ吹き出してくる国訛

友の打つ蕎麦へそば湯の温いこと

哀しみを分け合った友ハーモニカ

婆ちゃんの技術は針で棘を抜き
腕白へバアチャンの唾よく効いた
いないいないいばぁ　二歳の好奇心

お兄ちゃんになった覚悟の眼の光

夏休みオレよりでかい補虫網

秋祭り太鼓へ撥を奪い合い

お札より百円玉のお年玉

喧嘩に負けた声が母さん探してる

兄たちの付録でお転婆に育ち

布団の地図ぜったいバレるひとりっ子

欠点の見えてる友は懐かしい

教科書の落書きにある淡い恋

全部晴れで通じた夏の日記帳

若さ奔る喧嘩まがいの棒倒し

顕微鏡でも要りそうなコンサイス

学食のざわめき耳に心地良い
遠吠えのままで終ったラブコール
ラブイズオーバー悔いだけが澱の如

電話帳一本線で消す未練

そう言えば傘をさしてた見合いの日

この人と決めてしまった眼のウロコ

独断と偏見寄席の初デート
ライバルでベターハーフで野次馬で
新妻のようにサラダで君を待つ

反論をしない良人の不発弾

洗濯物たたむ仕種も母に似る

七草にナズナ大和の音がする

千恵蔵のソフトが決めるダンディズム

古傷の目立たぬ程に拭いておく

解ってはくれぬコロンブスの卵

思い出の数だけあった領収書

シベリアを連れて春一番が来る

それぞれの長島を眼に焼き付ける

久闊と女の要らぬ酒を酌む

臨終のネロに王子の頃の夢

助六の江戸紫に見る愁い

五穀米先祖の苦楽噛みしめる

楔形文字で戦果が書いてある

戦争がお祭りだった蒼い星

出稼ぎの父戻る日の囲炉裏ばた
斎藤　青汀

『科学大好き－ユーモア川柳乱魚選集』（技術編）より

♪津軽～平野に～雪降～る　頃はよ～　･･･♪「囲炉裏」は懐かしい言葉であり、情景である。父の実家も、母の実家も農家で、大黒柱を背にした囲炉裏の一角が家長の定席だった。特に母の実家は、私の母を長女に９人姉弟で、私が物心ついて遊びに行くようになった頃、家族は家長つまり私の祖父、祖母、跡取りの長男とその嫁、三男、四男、五男と曾祖母と、８人同居だった。囲炉裏の家長席と跡取りの長男席は決まっていて、私が遊びに行くと、一族の孫の筆頭として席が与えられた。五男つまり私にとって叔父上は私と一つ違い、人生の先輩が風下にいることが気に入らない。よく分からないまま席を取られていると、家長が叱る。そんなことをしながらも、良く面倒を見てくれた良い先輩であった。

そんな彼も病を得て、５年前に亡くなった。酒が強い家系だったが、酒で早死にが多かったようだ。しかし、曾祖母は96歳まで畑で働いて１日寝て死んだ。慶応の生まれで、赤ん坊を負ぶったまま寺子屋から小学校に編入されて、２年で卒業したのが自慢のモダン婆さんだった。そういえばひい婆ちゃんは囲炉裏のどこに座っていたのだろう。覚えていない。

囲炉裏端消えて心の席がない　　由宇呆

UFOのハウリング 01

故郷を懐かしくするポンプ井戸

竹村　昌子

『科学大好き－ユーモア川柳乱魚選集』（技術編）より

　このポンプは手押しポンプであろう。鋳物製の取っ手が曲がったいわゆるガッチャンポンプである。私は生まれた富山から、関東の栃木県へ引っ越して初めてこのポンプを見た。富山の井戸は立山連峰の地下水脈を頼りとした自噴であるから、水は自然に湧いてくるものと思っていた。

　母の実家は農家でいわゆる釣瓶井戸、大きな滑車の両側に木の桶がぶら下がっていて、交互に井戸の中へ下ろして汲み上げる仕組み。かなりの力仕事であったろう。父の実家は更に山奥で、沢の水を節を抜いた竹の樋を何本も繋いで台所の桶に溜めて使う仕組み。これは木の葉掃除が大変だったろうし、凍ったら溶けるのを待つだけである。山の多い日本では、水脈は豊富だから、手押しポンプの発明は凄い生活革命だった。今、アフリカや、東南アジアなどで、このポンプが活躍しているそうだ。動力は人力だから開発途上国には打って付けである。

　水道がこれだけ普及した日本の現代から見ると、手押しポンプは懐かしく、故郷に直結していくのも頷ける。上下水道の普及は、物質衛生面から文明に貢献したが、今、自然との接点をどの辺に置けば、精神衛生面で文明に寄与出来るかが問われているようだ。

手押しポンプは究極のエコ　　　由宇呆

第二章 擦れ違いの世界

Maesslant
Vlaerdingen
Schiedam
Delfshaven
Voorn
Pernis
Poortegael
Roon
Geervliet
Abbenbrouck
Oudenhoorn
Goeree
Outdorp
Corendijck
Bommenee
Middelhernis
Herkinge
Bommel
Oudt tonge
Galente
Schouwen
Duuelant
Zierick
Steenbergen
Tolen
Poortvliet
Wolfersdijc
Beuelandt
Bergen op Zoom
Burchvliet
Hildernisse
Woensdrecht
Ostendrecht
Santvliet
Berendrecht
Lillo
Oordam
Doel
Rauersberg
S. Pauwels polder
Hulst
Stoppeldijck
Polder van namen
Zaemslacht

人が善いのでだんだんに飽きられる

休息の啓示か妻の留守に風邪

ボランティア世間へ貸しの下心

鬼どもに手揉みしながら生きている

闘いの決意問診票に込め

カーテンで自由を仕切る四人部屋

三つまで数え切れない手術台

何でも出来る医師を看護師けむたがり

癌だとはとうとう最後まで言えず

頑丈な入れ歯で顔が草臥れる

新しい入れ歯に旨い五穀米
陰口の最後は少し誉めておき
怒鳴ること無いよと小さく言ってみる

ワンサイドゲームのままで床に就く

釣り合いが取れてる時は良い夫婦

減らず口で傷を舐め合っている夫婦

永遠のライバルという妻と居る

ライバルに本音が言えてホッとする

年金をヘソクリしてる妻の技

どう見てもふた癖はある面構え

メビウスの輪の裏側に妻が居る

妻のフェイントへ時間差を蓄える

相性の裏に忍ぶと書いてある

発展する妻は離婚も視野に入れ

一〇〇デシベル超えてようやく妻に勝つ

妻とは言えず他人とは尚言えず
妻だって国境線を持っている
仲人から聞いた女房を捜してる

酒の在処だけは亭主も知っている

心臓の棘へ笑いという毛抜き

ピンボケの言葉が右往左往する

団欒も友達の輪に居ればこそ
良い方へ補聴器をして呆けた振り
麓にもひとり一人の暮らし向き

感じやすい人だ言葉を選ばなきゃ
添えた手に愛してますと書いてある
オバサンの小道具になる飴一つ

居心地の良い席に居て満ち足りず

阿修羅像眉間のシワにある悲哀

カーナビに口答えする工事中

コバンザメ大樹の陰で昼寝する

電車待つホームに残暑まだ赤い

正論へ言葉も汗も引いていく

日帰りが出来る故郷の良し悪し
結納の目録だって領収書
埃では死なないほどに大掃除

出来ちゃったと言えば頑固も折れやすい

寒気団の予報へ２枚ホッカイロ

まだですかポチが見上げる立ち話

大家族トイレのドアが閉まらない
日曜は朝ドラがないテレビ欄
どう見ても影は私らしくない

知らぬうち名刺がひとり歩きする
ひと言にまた起こされる腹の虫
帰宅後は国民になるお役人

雲のない空は鳩でも飛び難い

世の中は見えない幕の芝居小屋

額の角は印籠が目に入らない

縄張りへ踏み絵を迫るマーキング
こんな子に育った訳がきっとある
有り難い事に毎日忙しい

戦っていないと墜ちる軍事力

杉山　太郎

『杉山太郎川柳句集　青空をお付けしました水たまり』より

勝海舟が無役だったころ、幕府の海防体制を整えるにはどのくらいの時間が必要かと聞かれた時、五百年は掛かると答えて、座を白けさせたことがあるそうだ。この話には続編があって、「軍艦は金さえあれば直ぐにも揃うだろう。が、それを運用する人の育成には何年もかかり、交代要員を整え、新人の養成機関を作り、絶え間なく人員を補給すること、つまりソフトウエアが大切だ」ということを分からせるのが、大変だったらしい。句の軍事力は勿論、ソフト、ハード含めての話。技術は日進月歩、普段の訓練に加えて、実戦でないと分からない事がいっぱいあるのだ。今はコンピュータシミュレーションで、結果は計算できるが、あくまでも計算上の話。構造が複雑で実際に動かしてみないと分からないプルトニウム型原爆は、いやでも実験が必要。全くやっかいな武器に人間は手を付けてしまったので、後戻りが出来ない。話は戻るが、勝海舟の人員補給の心配は、大和が沈むまで解消されず、戦後の「モーレツ社員」に引き継がれた。今は知らない。

不便さは使えば使うほどに出る　　由宇呆

ビル崩壊テロに強度を計られる

梶川　達也

『科学大好き－ユーモア川柳乱魚選集』（生活編）より

2001.9.11. アメリカが震撼した日。ビンラディンが指揮するテロ組織・アルカイダの自爆攻撃で、ニューヨークの世界貿易センタービル・北棟・南棟、そして国防省（ペンタゴン）が被害を受けた。特に貿易センタービルは突入後1時間～1.5時間で、完全崩壊した。このビルの構造が高層化による軽量化のため、実に単純に出来ていることに感心した。常識では、柱と梁で骨組みを作りそこへ床や壁をくっつける構造だと思っていたが、先ずビルの中央部にエレベータコアというしっかりした核を建てて、そこに全てのライフライン（電気、通信、水道、エアコン、排水、ゴミ廃棄管など）を集中させる。このコアから横に張り出した梁で各階の床を支え、この梁から外壁（ガラス、仕切り）をぶら下げるという構造である。この構造が裏目に出た。ハイジャックされた航空機は離陸直後で、揮発性の高い航空燃料をほぼ満タンのまま突っ込んだので、予想以上の高温がエレベータコア全体を溶かし去ったのである。（約900℃で形が保てなくなり、1500℃で液状化する）日本は地震国だから、これとは異なった構造になるであろうが、やたら高層化すると、何時、テロに強度を計られるか知れない。この点、何でも一番を目指しているドバイは、アラブ圏内だからテロには安全だろうか？

テロリスト何処から見ても愉快犯　　由宇呆

第三章 希望と失望の世界

振込めサギと遊んであげる老いの耳

ご近所のアンドロメダへ恋一矢

文明が進むと文化後退り

ノーマルで通した姿崩せない

繰り返し壊して創る平和像

冷や汗を紅葉マークに覚らせず

手綱放されて不安になる男

飼い主も犬も太目が挑む坂

囀りへ律儀に返事したくなる

旅番組を眺め駅弁食べている

ゴメンナサイが言えぬヒト科の成れの果て

惚れ抜いた男の影は消えません

虎落笛神が独りで吹く挽歌

妻とした約束犬に念を押し

産衣も経帷子も他人任せ

夏風邪の老いへ薬が効き過ぎる

擦り切れた生を裏打ちする叙勲

大観の「無我」の童子の口の中

いじめっ子古希を過ぎてもいじめっ子

古希過ぎて何時もほんのりした頭

五感失せ欲だけ独り歩きする

孫あやす百歳にある百面相

ファストフードへか細い顎が頼りない

「応」「諾」で時空を超える空元気

ロボットアームでロボットアーム組み立てる

〆切りへ時計の針が容赦ない

柏手が揃わぬ夫婦五十年

看護師がきれいで認知症未満

整体師まで音を上げる肩の凝り

栄冠へ心が技を凌駕する

宇宙基地ワインの球にかぶりつき

空気のような愛なんて要りません
後戻り出来ぬ道ならのんびりと
厳冬へ小春日和がブレスする

午後の紅茶へラジオからボブディラン

黙々と己を癒す草履編む

百人の読経宇宙とハーモニー

ゴーヤ塩揉み壮年のほろ苦さ

生返事恋の深さを計られる

猫の背伸びへ付いてくる生欠伸

新しい二人へ仲人が居ない
春の空へ拡がって行く手話の歌
明日への元気夕陽がでかくなる

翼なんか無いがＵＦＯ高く翔び

オンリーワンへじわじわ上げる制御棒

リハビリへ神の叱咤が容赦ない

柔らかい毒舌が降る介護室

挑まねばならぬ時かも男坂

振り向けば妻の笑顔に救われる

あの世への切符の売場知っている
胃と足が丈夫なうちのグルメ旅
ボクの夢カミオカンデに探させる

少年の欠片を今も持っている
沢庵噛む音は和食の効果音
百歳に百歳分の荷が残り

女に迷う豪傑を好きになる

アマチュアを研げばいつかは花になる

ありがとうに目覚めてからのボランティア

年男もう一周の欲が出る

傘寿からシャンソン卒寿からピアノ

七十路へもっと時間が欲しくなる

何歳になっても恋は生臭い
唇を噛んで大人の真似をする
歩きたい足には羽が生えてくる

おめでとうやっと治った春の風邪

身の丈に合うしあわせよ日脚伸ぶ

惜しまれて逝けばあの世もパラダイス

自動車の起原大砲引いており

山下　博

『科学大好き－ユーモア川柳乱魚選集』（科学編）より

文明の発達には、戦争が大いに寄与している。国同士が命運を掛けて、金に糸目を付けず、開発競争をする。何しろ勝たねばならぬのだから。そして両方が疲弊してから、その馬鹿さ加減に気づいて、平和利用へと方向転換するのである。例を挙げれば、飛行機は初め、敵情偵察から大砲の着弾観測だったが、やがて煉瓦などを積んで敵の陣地に落とす。煉瓦が爆弾になり、機関銃を載せてお互いに撃ち合うことに。コンピュータは高射砲の弾道計算用だったし、レーダーは飛行機や軍艦の索敵用だった。ジェットエンジン、ロケットエンジンも、爆弾にエンジンを付けて長距離を飛ばそうとした事による。今や、燃料補給なしで何年間も潜っていられる原子力潜水艦が、地球を何百回も廃墟に出来る核弾頭を積んで、野放し状態で世界中の海をうろうろしているし、お互いの国を観察している偵察衛星を、打ち落としてみせる国まで現れた。地球という方舟の上で、権力確保のためなら何でもありという、人類の本能は相変わらず健在であるらしい。やがてこの権力は、月へ、火星へと飛び出して行くのだろうか。

伝声管大和はエコで勝っていた　由宇呆

まばたきの通信今も強い武器

木村　一路

『科学大好き－ユーモア川柳乱魚選集』（技術編）より

「瞬き」は眼を瞬間的につぶる（瞑る）こと。英語では、①自然にするまばたきを blink、②意志的にするまばたきを wink、③星（光）のまたたきを twinkle、と区分する。①は、眩しくて、目が乾いて、など無意識的にするもの。③は、キラキラ星の歌詞「twinkle, twinkle little star ―」でおなじみ。この句でいう「まばたき」は②。目配せ、目交ぜ、目弾（めはじき）など、古典にも多数見られる。「ウインクをすれば両目をつぶっちゃい」という句も思い浮かぶ。

一方、ジッと見詰める「凝視」は、もう殆ど退化してしまった超能力の一種、察知能力（自分以外から放射される視線や感情線を察知する能力）を、時々思い起させる。何かに見られているような気がする、誰かに話しかけられたような気がする、という経験はないだろうか。どんなに文明が進歩しても、人が動物である以上、超能力は潜在的に持っている。その証拠に、「相手に関係なく」悪感情を持ち続けると、平和は損なわれるし、「相手に関係なく」好意を持ち続けると、いずれは平和になる。人の「我」を「お互い様」にして、更に「お陰様」にまで高められれば、いいですねぇ。

第六感昔は女性だけでなく　　由宇呆

第四章　思い掛けない世界

方舟は燃えて星屑無事届き

スカイツリーがバベルの塔に見えてくる
ゲームソフトの山に埋もれてひとりぼち
パッチワークの道ばかりある年度末

マニュアルが迎えマニュアルを喰わされる
建前と本音泥だらけのロンド
地球だって窓が欲しいと思ってる

恐ろしい技術だ人に歯を植える

出会い系モラルも虚像だと思う

肉親の絆が北へ帰さない

春風が鋤き込むセシウム１３７

オバサンの目線ヨン様釣り上げる

笑う子が恋人を刺す親を刺す

キーンさんの家紋は源氏車かも
国賓へ管制塔がしゃちこ張り
イラクまで征く防人に歌がない

答弁にフッと出てくる野党色

大臣は見知らぬ部下の罪で辞め

大ものがやっと比例で生き延びる

大声で吼える野党は恐くない
官僚を使うつもりで使われる
浮動票自民のボスをさまよわせ

エンピツを落した音がほほを張り

ハイブリッドに騒音源を義務付ける

そっくりさんという商売に浮き沈み

強面が通い詰めてる甘味処
セパ交流合コン並みに盛り上がり
リクルートスーツは起爆剤を秘め

マウンドの汗でハンカチ値が上がり

リクルートスーツの群れが不気味すぎ

A社落ち入るB社はAB社

感謝セールは野球オンチも受け入れる

地デジでも日本の未来見えて来ぬ

撃つ前に押印が要る自衛隊

国民と人民の差はお国柄

竹島へ効かない菊の紋所

宇宙から電気の偏差値が見える

カメラまで付けて電話を歩かせる

ビール擬きへ税の雨粒痛いほど

イスラムのアングルで見る別の鳩

丁寧に罵るきみまろが受ける
円周率3でもちゃんと生きている
一回りでかい机が天下る

生け贄の数でアラーがリードする
ケータイの「告り」が上手く伝わらぬ
ロボットは人めき人は部品めき

だからさぁあのさぁそれでどうするの
蝉さえもさわれない子の夏休み
フィギュアの判定選者の好き嫌い

介護まで輸入に頼る国際化

にがうりも一役買ったエコライフ

介護予防センターが混む脱メタボ

食うためのルールイラクの孤児に見る

傘を閉じて海へ黙祷両陛下

除染した土壌は盥回しされ

特設はひとり住まいの非常ベル

年輪ピック積み上げられた技の冴え

百歳を越えて死ぬのは一苦労

ゴールデンタイムが奪う家族の和

平熱が意外に低い長寿国

厚底の丈ほど世間拡がらず

衛星が日本のずれをたしなめる　船津　隆司

見たこともないのに核を口にする　宮内　可静

『科学大好き－ユーモア川柳乱魚選集』（生活編）より

今年3・11の大地震で、太平洋プレートと大陸プレートの境界線が、24メートル移動したことが衛星の観測で解った。通常1年に2～3センチメートルずつ潜り込んでいくので、約1000年分元に戻ったということらしい。常識では考えられない時間的スケールの話で、まだ別の場所で（伊豆沖、東南海沖、南海沖などなど）裂け目が移動する可能性があるという。それは何年後かというと今から30年～50年後という大らかさである。日本の政治家は自分の政治生命さえ無難に過ごせばいいと考えているので（ということはその政治家を選んだ我々国民も）、何十年後に起きるかも知れない災難へ予算を掛けることなどしない。このようにして創った原発が、海岸線沿いに50基あまり津波を待っている。そして科学者・専門家は「安全」の自己暗示を掛けて、臭い物に蓋をしてきた結果が、今回の泥縄である。テレビ学習で、見たこともない核について詳しくなった一億総原発学者が勝手にしゃべり出し、本能的に動き出すと、笑い事では済まなくなりそう。

科学的予想屋だった川柳子　　由宇呆

UFOのハウリング 07

核連鎖嘘の上塗りへと続き

今川　乱魚

『科学大好き－ユーモア川柳乱魚選集』（技術編）より

核連鎖反応とは、原子炉内で核分裂反応が連続して起こること。その反応の速度を制御棒の操作や冷却水の循環により一定に保つことで、発生する熱量を制御し、発電機タービンへ送る蒸気量をコントロールしている。今回のフクシマ原発事故は、冷却水の循環設備が津浪の被害で壊れ、機能しなくなったのが直接の原因である。

第一線の技術者達は、その時その時の最善の手段を模索しながら、放射能の危険の中で、活動したことだろうと信じたい。如何せん、国民やジャーナリストへのスポークスマンに、有能な人材がいなかったことは、我々にとって不幸なことだった。技術バカの受け売りを政府の素人が垂れ流したばっかりに、将に「嘘の上塗り」を続けたと言わざるを得ない体たらくだった。ましてその素人が、権力を嵩に着て、作業工程や作業方法にまで口出しをする常識外れだった。上記の句は2004年11月13日付け初版、181頁に選者吟として掲載されている。今年（2011年3月）のフクシマ原発事故を予測したような句で、乱魚師のニヤリが目に見えるようだ。

フクシマへ師の苦虫が宙を飛び　　由宇呆

第五章 野次馬と道楽の世界

ニュートンのリンゴへ落ちてきた地球

裏表無いつもりでも影がある

遊ばせるはずのペットに遊ばれる

マラソンへビリの楽しさ知っている

風下へ御利益只で来てくれる
新参者は眼の隅で値踏みされ
有り余るはずの時間がワープする

火葬場の蓋が一番怖ろしい

しがらみは安全ネットかも知れぬ

昼の湯は光と陰の舞踏会

ウイルスと遊ぶコンピューターの中
腹のご機嫌を朝風呂が聞いている
明け方の冷えに寄せ合う肌がない

新緑へ絵の具一滴ずつ垂らし

黒一点捜しあぐねている居場所

傷の痛みがブラウン運動をする

気怠さを捏ね回してる扇風機

チャレンジを追う溜め息へ芭蕉扇

脳みそのゲップ欠伸が生臭い

ライバルの目つきでポチに吼えられる

忠と孝あっち向いてホイで遊ばせる

ウルトラマンの正義は背中から入れる

愛のレーザーは何時も乱反射

我思う故に君だけ見えている

猫用のスイングドアにある自由

障子にも壁にも癖を見抜かれる

勘違いしたりされたりして老いる

越後屋の上げ底にあるシミュレーション

突っ張るとちょっと引いても直ぐ転ける

バランスを巧く崩せばみなアート

手の生えたおたまじゃくしへ畏敬の眼

遊んでる振りで充電しています

逃げ足の音が大きいド素人

棒手振りの意地が包丁錆びさせぬ

欲を削ぎ落せば童地蔵さま

一生を掛けた小指の爪にシワ

ニコニコと頭で捲る住所録

大器晩成オレのことかと臍のゴマ

デジタル化点が絵になり音になり

楽な坂くだって冬のキリギリス

銀河系の田舎にネオン明る過ぎ

A型もB型もない惚れ薬

義務感がヒステリックに歩いてる

ペンギンの羽ばたきを見る水の中

時間です土俵をつかむ足の指

そよ風に屋根まで飛べぬシャボン玉

テレビの箱根路へ物ぐさなエール
素面でも角も頭も槍も出し
男にも優しく出来ればと想う

ロコミに潜り込ませる不発弾
半桁を空ける心を縫うように
こっちにもあったホタルの苦い水

どっこいしょと言えば自然に立っている

昨日までの自分を脱皮するトイレ

車椅子を降りたくなった春日和

黒毛和牛分かったような顔で食い

アメリカの涙は青いセルロイド

カグヤの眼に月から地球ヌッと出る

舌鋒を削るナイフが研いでない

号令をかけて蜘蛛の子ちりぢりに

遊んでくれとポチのアイコンタクト

悪態の裏に阿修羅の愛がある
つい誘われる暗闇の沈丁花
息吸って吸って止めてとレントゲン

水蓮の咲く瞬間の音を待つ

水菓子に添えた指から女の香

行間を泳ぐ眼が曰く付き

フォルティッシモの上に初恋乗っている
序でとは強い味方に外ならぬ
中心を少し外れた心地良さ

お祭りと思えば選挙楽しそう

少しだけバラす祝辞が盛り上げる

やんわりと刺した釘など引っこ抜き

広重の雨は斜めに傘をさし

一猪口で二時間は持つ下戸の酒

雪の中駅長無言指差呼称

妖の歯形を月に確かめる
妖の母月を喰い星を吐き
人を喰う妖ヒトの形して

君が行く道のながてを繰《く》り畳《たた》ね焼き亡《ほろ》ぼさむ天《あめ》の火もがも

『万葉集』より

君我由久　道乃奈我弖乎　久里多〻祢
也伎保呂煩散牟　安米能火毛我母（茅上娘子《ちがみのおとめ》）

『声に出して読みたい日本語』齋藤　孝著（草思社）より
（口語要約……貴方の行く道を折り畳んで焼き滅ぼす
天の火があったら良いのに　　齋藤　孝）

この歌に初めて出会ったとき、「道（つまり空間）を折り畳む」という発想に驚いた。これは将にＳＦに良く使われる「ワープ航法」の原理そのものではないか。また、「天の火」とは、落雷の何百倍の火の矢の束。当時の感覚では「宇宙の果てから来るレーザービーム」。

勿論作者はそんな発想は意識し得なかったと思うが、その壮大さに文句なく兜を脱ぐ。落雷による破壊の跡に漂う焼け焦げた匂い、怪獣が引き裂いたような大木の跡の恐ろしさに、当時の人々は「風神、雷神」を見た。万葉の恋歌に垣間見たＳＦの兆し。

宇宙人万葉人へ指南する　　　由宇呆

赤い血をみんな持ってる肌の色

井ノ口　牛歩

『科学大好き－ユーモア川柳乱魚選集』（科学編）より

血液の赤い色は、赤血球に含まれる血色素（ヘモグロビン）による。容易に酸素と結合し、主に脊椎動物の呼吸に於ける酸素の運搬に重要な働きをする。構造式は中央の核になる元素は「鉄」（Ｆｅ）で、周りにタンパク質の成分、Ｃ、Ｏ、Ｎ、Ｈ、Ｓなどが2265個、有る規則性をもってがっちり固まっている。ところで、植物においてこの呼吸に相当する作用は、炭酸ガスを吸収して酸素を作り出す（排出する）炭酸同化作用で、これに重要な働きをするのが、葉緑素（クロロフィル）である。構造式は、核になる元素はマグネシウム（Ｍｇ）で、その周りの元素の繋がり（構造）が、ヘモグロビンのそれと少なくとも90数％はそっくり重なるのだ。今から40年ほど前、平凡社の百科事典でこの事実を見付けたとき、動物と植物の、はるか昔の祖先が同じだった事を、私は確信した。それが何だと言われたら、黙って引き下がる他はないが、私にとって大発見であったこと。

血液型短気な奴は三角形　　由宇呆

第六章 どう仕様もない世界

肩抱いて星の説明だけですか

大口を叩き急いで探す穴

小言ねちねち妻は他人に成りすます

痩せるほど愛して怖いリバウンド

少しでも先へ出たくてつんのめる
引き受けた善意を責めている時間
旨いなと思ってしまうお買い得

ベターハーフでさえも一人を主張する
ジェンダーを超えしたたかなニューハーフ
遺伝子の付箋に下戸と大書され

後悔を毎年掃いて捨てている

檻のない動物園に住んでいる

彼の待つ客間へ父が出て来ない

黒幕はキリトリ線の向う側
はみ出した卑怯が襲う無抵抗
スリム化とグルメの海で溺れてる

堂々と鎧を見せた平和賞

飼い慣らされたような演技を見抜かれる

髭の濃いニートに甘いママの耳

天下獲る話社員はみな眠り
どんなに好きでもやっぱり他人です
溺れてることに自分が気付かない

予想屋は決して買わぬ当たりくじ

品切れと聞けばますます欲しくなる

胡座かく医師へセカンドオピニオン

人柄の鎧が重い見合い席
捨てた隙間へ煩悩が入り込み
怠惰なる故のシンプルイズベスト

少年の焼き肉無我へ雪崩れ込み

天下獲る夢も現も時の果て

未完成など柩に箱書きを

映画館暗くなったら眠くなり

仏壇の中から仕切りたいホトケ

永遠のマドンナは仏壇の母の影

切っ掛けはチラシの先着五名様
老いの鍵束に時々羽が生え
隔離した私の鬼が眼を覚まし

一生をかけても解るものじゃなし
現金にめっぽう弱い犬で居る
目が笑わない女房の丁寧語

本当に好きなら好きと言いなさい
自分の死に顔をいつも気にしてる
人間じゃないとやらないストーカー

邪魔な真っ直ぐが真面目に不倫する

墨を磨る時間を無駄と思っちゃい

三十分だけのパチンコよく入る

散骨を主張しているツボの中
我を通すトンネル今も掘り続け
黄金の茶室で点てる普通の茶

オレの周りを世間が右往左往する

庶民の血どう飾ってもしゃしゃり出る

パニックの中で本性ぬっと出る

定期券今日は茶の間でお留守番

生返事の一枚上を行く欠伸

ペットには成れぬ男の業の嵩

行列の私の前で売り切れる

中締めの後でじわじわ効くお酒

還暦を過ぎて独身フリーター

遠足を振り回してる低気圧

芭蕉は駆け回り一休はしがみつき

今度こそ勝とう影との鬼ごっこ

UFOのハウリング 12

能力の判断いつも他人様

杉山　太郎

『杉山太郎川柳句集　青空をお付けしました水たまり』より

人は常に、物事に対する判断基準を自覚していないと、他人との比較、つまり偏差値で判断し、しかもその結果に一喜一憂するというムダを繰り返す。並の人間は絶対的な判断基準を作り上げることが中々出来ないので、手っ取り早く他人と比較する。自分の能力発展には、他人との比較分析は大いに有効である。しかし、人間には感情があり、欲望があるので、他人より勝っていれば、得意然となり、他人より劣れば、妬みそねみする。

勝海舟の『氷川清話』に「行蔵は吾に存す。毀誉は他人の主張。吾に与らずと存じ候……」という言葉がある。「行」は「行い」。「蔵」は「出処進退」。「毀誉」は「褒めたり、貶したりすること」。この言葉は、福沢諭吉が自書『痩せ我慢の説』の中で、勝海舟の明治政府への出仕（幕府側の人間だったにもかかわらず、明治政府の役人になったこと）を皮肉り、非難したことへの反論と言われている。言葉の裏には、意地を通すのもいいが、何か事を為すには相手の懐に入った方が良い場合もあるよとの意味もありそう。事実海舟はその後、旧幕臣を明治政府に推薦し、自分の主君であった徳川慶喜の賊軍という汚名を濯がせる陰の活躍をした。彼のような天才だから出来たことだろうか。

候補者は他人任せで飯を食い　　由宇呆

傾いた地球のおかげ四季があり

木村　一路

『科学大好き－ユーモア川柳乱魚選集（科学編）』より

地球の自転軸は、太陽の周りを回るいわゆる公転軸に対して常に23.5度傾いている。このおかげで、地球には四季、春夏秋冬がある。もし、自転軸が公転軸に対して0度、つまり傾いていなかったら、一年中どこでも、日の出、日の入りの時刻は同じ、逆に言うと、一年が何時始まって、何処で終わるかがはっきりしなくなるし、はっきりさせる必要もない。従って時計は考えられるが、暦などは意味がなくなるのだ。もっとも、生活には何らかの時間的区切りは、社会が複雑になればなるほど必要だから（約束事として）作るであろうが、1年が365.2422日で、4年に一度閏年なんか作る必要はない。1年が100日とか1000日に決めれば、高校の入試問題もこの点では、もっと楽になった筈だ。しかし、一年の区切りがどう変わろうと、人間は相変わらず、それなりにあくせくしているだろうが。

式部さん四季がなければ困り果て　　由宇呆

あとがき

私が川柳に出会ったのは六十歳の定年退職の翌年、平成十一年である。柏市柏陵高校開放講座・川柳教室の開催が、家から歩いて行ける距離だったし、年金生活者にとっては無料というのも有難いことだった。この講座で、本音で勝負出来る（と思った）川柳の魅力と、江畑哲男講師の明るい講義に嵌ったと言えるだろう。

家庭環境的には、父が高等小学校卒にもかかわらず文学かぶれで、小さな本箱に西行や石川啄木、若山牧水の歌集があった。また、百人一首に詳しく、私が中学生の頃に競技カルタの手ほどきを受けた。父は短歌結社「窓日」の同人で、昭和四十五年（六十三歳）から平成二十一年（百歳）五月の死まで、投稿を欠かさなかった。それから、小学校四年から六年まで担任だった石島朝治先生は、昨年（平成二十三年）九十八歳で亡くなるまで、現役の俳人だった。（かつてNHK全国大会「年輪大賞」受賞）思えば、小学校の授業で盛んに俳句を作らされたことが甦る。

父が短歌を始めた頃は、私自身の仕事の忙しさもあってお盆に駆け足で帰省するぐらいだったので、その事にあまり関心を持たなかったが、五十歳を過ぎた頃から通勤電車で、ＮＨＫの「俳壇」や「歌壇」に読み耽った。特に添削コーナーが面白く、回答を隠して自分の答を考え、正解をみるという自分流クイズを楽しんでいた。

昨年、一つの宿題であった故齊藤克美句集『草魂』を上梓した。克美さんの奥様、美重子さんを始め、東葛川柳会及び傘下の勉強会の有志のお陰である。その作業の最中に、俄に自分自身の句集が創りたくなった。川柳と出会ってから十三年が過ぎている。故今川乱魚師も「十年経ったら、何らかの形で自分の川柳を世に問うことは、川柳作家の務めである」と言われたし、入門講座から師事させていただいた江畑哲男先生（東葛川柳会代表）からも、二〜三年前から「そろそろ如何？」と水を向けられていた。おまけに、今まで川柳というとそっぽを向いていた妻の典子が「まぁ、仕方ないか」と費用を出してくれた。将に機は熟したのである。

さて、自分の作品をどうやって集めるか。

幸い、東葛川柳会の会誌『ぬかる道』の編集に十二年前から携わっているので、会誌に載った句の直近七年分はコンピュータから拾える。一方、書棚をひっくり返したら、入門講座以降、句会への投句用に書き留めたノートや番傘本社誌友として投句したノートも見つかった。その他に、休みがちであるが定例的に顔を出している「つくばね番傘川柳会」の入選句については、直近七年分を、東葛川柳会の誌友でもある海東昭江さんに拾って戴いた。私より柳歴の長い彼女には、別に全ての由宇呆句に目を通して貰い、女性の目と彼女の感性でコメントを頂き、大いに参考にさせて頂いた。お名前を挙げて感謝する。

句を集めてみて、句数の少なさに自分でも驚いている。克美さんのノートでは十一年で一万句を優に超えたが、私のは二千句を少し超えたぐらいである。この程度で、私の川柳があるレベルに達しているらしいのは、故今川乱魚先生の薫陶は勿論、江畑先生のご指導、東葛川柳会や出入りした他吟社の諸先輩方のご鞭撻、川柳会・新樹の皆さんとの切磋琢磨、それからこの十年間、江畑先生の川柳教室や勉強会のアシスタントとして、多い時は月一〇〇名を超える受講生の添削、講評をさせて頂いたからだと、勝手に思っている。二年ほど前に、自分の句を全くの他人の句として推敲している自分に気付き、習慣とは怖ろしいものだと感じたことがある。そんな訳で由宇呆川柳の上達は、多くの方々のお陰であることを明記して感謝しておきたい。そしてこの二千句から、若干の推敲を加えて約四〇〇句を選び、独断と偏見で六個の章立てにした。

単なる句の羅列では面白くないので、休憩室の意味で『ぬかる道』に連載中の「ＵＦＯのハウリング」というコラムに筆を入れて、各章の合間に入れた。

江畑先生には、お忙しい中「序文」をお書き戴いたことに感謝を申し上げ、勝手ながらこれからも末永くご指導ご鞭撻を賜り度く、伏してお願い申し上げたい。

最後に、妻典子には、結婚以来四十五年間、社会的にも、家庭的にも、ご機嫌取りが下手でウソがつけず、稼ぎの悪い亭主に我慢して付き合って貰い、感謝している。これからも川柳は続けるので、よろしくお願いしたい。

私の川柳は、これまで自分の句作を蔑ろにしてきたことは否めない。これから修行しなければならないことは充分認識している。

兎も角も、由宇呆のあるがままが見えたら、それで良しとしたいし、読者の皆さまには忌憚のないご意見、ご指導を戴ければ、それに越した喜びはない。

山本　由宇呆

平成二十四年二月吉日

【著者略歴】

山本　由宇呆（やまもと・ゆうほう）

本名・一夫。千葉県松戸市在住。

昭和13年（1938）　富山県富山市に生まれる
昭和23年（1948）　父の転勤で栃木県鹿沼市へ
昭和41年（1966）　結婚。千葉県松戸市（現住所）へ
平成11年（1999）　千葉県立柏陵高校・開放講座で
川柳と出会う
東葛川柳会入会
柏陵川柳会（現・川柳会・新樹）入会
平成24年（2012）　現在　東葛川柳会副幹事長
川柳会・新樹顧問

星屑の方舟

○

平成24年5月5日　初版発行

著　者
山　本　由宇呆

発行人
松　岡　恭　子

発行所
新　葉　館　出　版
大阪市東成区玉津1丁目9-16 4F　〒537-0023
TEL06-4259-3777　FAX06-4259-3888
http://shinyokan.ne.jp/

印刷所
BAKU WORKS

○

定価はカバーに表示してあります。

ISBN978-4-86044-461-7